Juan José Sánchez Milla

La venganza de la bestia

No se permite la reproducción total o parcial de esta obra, ni su incorporación a un sistema informático, ni su transmisión en cualquier forma o por cualquier medio (electrónico, mecánico, fotocopia, grabación u otros) sin autorización previa y por escrito de los titulares del copyright. La infracción de dichos derechos puede constituir un delito contra la propiedad intelectual.

© Juan José Sánchez Milla, 2.022

1ª Edición, 2.003
2ª Edición, 2.022

Edición e impresión por BoD - Books on Demand
info@bod.com.es - www. bod.com.es
Impreso en Alemania - Printed in Germany

ISBN: 978-8-4112-3094-0

La Venganza de la bestia, está

dedicada a Rebeca Sánchez para

que la disfrute con sus amigas.

Espero que se divierta con su lectura y que

ésta no sea la última aventura de Indy

CAPÍTULO UNO

BILBAO

Rocío se despertó sobresaltada por el ruido. Sentada sobre la cama, miró hacia la ventana y vio el resplandor que el relámpago había originado y que la había sacado de su profundo sueño. Su cuerpo se encontraba bañado en sudor. Poco a poco, fue recordando la pesadilla vivida en el sueño. Volvía a verse en aquella jungla amazónica en la que ella y sus amigos estuvieron en grave peligro de morir.

La joven recordaba el aterrizaje brusco de la avioneta, el deambular por entre los árboles espesos y enmarañados, entre los cuales apenas cabría una persona. Recordó también aquel aullido profundo que les heló la sangre de las venas y como aquella bestia, aquel ser indefinible mató y devoró a su amigo Juan, recordó en fin….

- Bueno, ya está bien de pensar en aquello. Felizmente pudimos regresar a la civilización y ahora, en casa, hay que intentar volver a ser los de siempre y seguir con nuestras vidas – se dijo mientras de un salto bajaba de la cama y se dirigía al cuarto de baño. –Me daré una buena ducha que me estimule y comenzaré los preparativos de la fiesta de esta noche. ¡Será estupendo reunirnos de nuevo después de aquella aventura! -.

Con ímpetu, abrió el grifo del agua fría, entró en la ducha y comenzó a frotarse vigorosamente, conteniendo un grito de sorpresa ante la sensación de frío que la iba absorbiendo, concentrándose en esta y olvidando el sueño que acababa de tener.

Al mismo tiempo, en la otra punta de la ciudad, María corría alrededor del nuevo parque que el Ayuntamiento había construido en la zona donde residía. El aprovechamiento de una vieja fábrica, que los gestores municipales, con visión de futuro, habían reconvertido en una biblioteca con secciones para niños y jóvenes, adultos y ancianos, la instalación en la misma de un museo etnográfico, con muestras traídas desde todos los continentes, y el traslado de árboles de diferentes tipos a las laderas que rodeaban la zona, daban al entorno una extraña mezcla de urbanidad que resultaba apetecible por su tranquilidad y espíritu bucólico.

Llovía abundantemente y el agua le caía sobre la cara dificultando su visión. Con las primeras luces diurnas, las frondosas copas de los árboles le recordaban lo sucedido en la selva en aquellas vacaciones que terminaron de forma trágica. De alguna forma, su mente conectó con la de Rocío, repitiéndose en ella los mismos pensamientos que despertaron a su amiga a unos kilómetros de allí.

En unos momentos, volvió a verse de nuevo, en medio de la jungla, escuchando ese grito animal, sintiendo esa sensación de que estaba siendo perseguida y alcanzada y sobre todo, su olfato notaba de nuevo ese dulzón aroma, ese olor penetrante que le recordaba a la repugnante bestia que lo emanaba. Sintió de nuevo como se le erizaba el vello de los brazos y como le caían gruesas gotas de sudor de la frente. - *Si pudiera olvidar para siempre aquel olor* – pensó estremeciéndose.

Con un escalofrío, volvió a la realidad. Se encontraba en el parque, en su barrio, en su ciudad. Todos los días salía para recorrer el circuito matinal que se había programado, y por la noche, se encontraría de nuevo con Rocío y sus amigos para recordar los buenos momentos e intentar olvidar los trágicos sucesos de las vacaciones. Aquella pesadilla había terminado para siempre.

CAPÍTULO 2
SELVA AMAZÓNICA

El extraño ser, elevó su hocico hacia el cielo y olfateó en busca del rastro de sus enemigos. La bestia intuía que por el camino en el que se encontraba, habían huido aquellos muchachos que tapaban su piel con aquellas "cosas" de colores vivos que les colgaban del cuerpo. Aquellos seres extraños habían sido los culpables de que sus hermanos murieran a manos de los "habitantes de los poblados". Vio desde lo lejos cómo los indígenas de la tribu mataban a su familia y lo festejaban encendiendo hogueras y celebrando un banquete. Los extranjeros ya no estaban allí.

Bien entrada la noche y cuando todos dormían, se acercó sigilosamente a las primeras chozas, en el límite del reflejo de las hogueras, y rodeando a los centinelas que guardaban el poblado, los fue matando, uno a uno, de certeros zarpazos que rompieron sus columnas vertebrales. Seguidamente y sin obstáculos cercanos, se irguió cuan grande era y, emitiendo un poderoso aullido, se abalanzó sobre las chozas: Quebró, destrozó, rasgó, mordió y aniquiló a cuantas personas y objetos tuvo a su alcance.

Cuando terminó la masacre, las primeras luces del amanecer penetraban por entre las copas de los árboles iluminando una escena espeluznante. Por todas partes se veían restos de cuerpos humanos horriblemente mutilados. Rostros con ojos sin vida que habían conservado el pavor que sintieron ante la bestia y que aún guardaban grabada su figura reflejada en sus pupilas. Alrededor del animal, los rescoldos de las hogueras conferían al lugar una cierta tibieza que, unida al calor de la sangre que empapaba el suelo del poblado, daba un terrorífico tono rojizo a su entorno.

Con un gruñido, volvió a evocar la muerte de sus hermanos y vislumbró en su cerebro primitivo la imagen de aquellos seres extraños, con aquellos colores chillones que no había visto nunca. Aquellos seres eran los responsables de la desaparición de su familia y tenía que vengarse de ellos. También recordó el sabor del primer ser que cazó cuando todos huían de él. Su carne era diferente a la de los seres del poblado que acababa de destruir, mucho más tierna y jugosa, y de color más blanco. Tenía que encontrarlos y acabar con todos como ellos acabaron con sus congéneres.

Con ese pensamiento se dirigió a la zona de la costa en la que sabía que vivían otros seres como los que acababa de matar, esperando que su aguzado olfato encontraría el aroma de esos seres y los llevaría a ellos.

CAPÍTULO TRES

BILBAO

Los últimos rayos del día alumbraban las azoteas de las oficinas y los tejados de las viviendas más bajas, dándoles un matiz dorado que combinaba de forma mágica con los colores originales de los edificios. Desde el amplio ventanal que ocupaba toda una pared del comedor del ático de Rebeca. María y Rocío comentaban asombradas lo que les había pasado a ambas al principio del día.

- ¡No me puedo creer que las dos hayamos soñado con la aventura que vivimos en el Amazonas! – dijo María mientras tomaba un sorbo de su refresco. – ¡Parece cosa de brujas!
- De brujas o de monstruos, pero nunca más quiero despertar como lo he hecho esta mañana –Respondió Rocío reprimiendo un escalofrío. – Por cierto, ¿quiénes van a venir esta noche a cenar? Supongo que acudirán Giusseppe y Markel.
- Sí, y además va a venir Marta con "Indy". – Exclamó alegre María. Marta era una amiga de la cuadrilla que por haber estado enferma el año anterior, no pudo acompañarlas al viaje que acabó de forma tan desafortunada.

- Tengo ganas de ver a Indy. Seguro que sigue tan listo y "espabilao" como siempre. Además, con la fama de "investigador gatuno" que tiene desde que descubrió a los ladrones que vivían en el edificio de Marta, va todo ufano con la cola estirada, oliendo por todos los rincones y buscando cosas.

- ¿De qué estáis hablando? - Preguntó Rebeca incorporándose a la conversación. Rebeca era programadora informática y en la actualidad diseñaba un programa de clasificación para la nueva colección de arte egipcio que había adquirido el Museo de Bellas Artes de Bilbao. Las tres eran inseparables y habían compartido muchas aventuras desde que coincidieron en el colegio.

Con algunos amigos de la pandilla hicieron un viaje a América del Sur, en el que vivieron aventuras emocionantes y peligrosas. Desde su regreso, todavía no habían organizado una comida para cambiar impresiones porque más bien se volcaban en sus trabajos, con la esperanza de poder olvidar lo que había pasado en el Amazonas.

- Comentábamos que esta mañana hemos soñado las dos en el viaje, y hemos recordado prácticamente lo mismo -, dijo Rocío toda seria.

- Seguramente eso querrá decir algo – respondió Rebeca. – Ahora no pensar en nada malo, porque tenemos por delante una cena estupenda. Han llamado al timbre de la calle y suben Marta e "Indy".

Rebeca se dirigió a la puerta y la mantuvo abierta mientras oía la voz de su amiga Marta que decía:

- Ahora haz el favor de no creerte todo lo que te digan. Eres un presumido incorregible. En el rellano de la vivienda apareció Marta y, entre sus piernas, colándose como una exhalación, Indy irrumpió en la casa, ignorando sucesivamente a Rebeca, a María y a Rocío, y tomó rumbo a la cocina como un poseso.

- Está insoportable desde el caso de la vecina, - dice Marta. – se pasa todo el día olisqueando por las casas y los cubos, y cuando le riñes, te mira como si te perdonase la vida.

- Bueno, ya se le pasará – responde Rebeca, - ¿Indy, te apetecen unos trozos de atún que te he preparado?

- ¡Miau! Como si fuera un cohete peludo, antes de concluir la frase, ya tenía al interesado felino enroscado entre sus piernas.

- ¡¡Ja, Ja, ¡¡Ja!! Rieron las amigas al unísono, entrando en el interior del piso.

El grupo estaba sentado alrededor de la mesa disfrutando de una espléndida cena. Sobre el mantel quedaban migas del pudding de atún y de las ensaladas de frutos tropicales. En la bandeja, las lonchas de rosbif, acompañadas de una guarnición de ciruelas pasas, guisantes y patatas francesas, hacían los honores a lo que había sido un manjar auténticamente de reyes. Durante la sobremesa degustaron un surtido de pasteles, acompañado de un café cremoso.

La conversación giró en torno a las aventuras vividas en el accidentado viaje al Amazonas.

- Parece mentira la mala suerte que tuvisteis en ese viaje – dijo Markel, - primero os falla la avioneta en la que viajabais, luego os topáis con el monstruo, y finalmente, la muerte del desventurado de Juan.

– Sí, - apostilló Giusseppe – ser devorado no entra en ningún programa de vacaciones organizadas.

- ¡Callad, callad!, - responde Rocío, - os lo tomando a broma, pero tendríais que haber estado allí.

– ¡Eso, eso!, veríais qué miedo hubieseis pasado –dice enojada María, que sentía escalofríos con solo mencionarlo.

De pronto, un ruido seco resonó con fuerza en el comedor. María sobresaltada, saltó hacia atrás, volcando la silla y gritando de terror.

– ¡Aaaahhhggg!

– Jolín niña, que susto me has dado – le increpó Rocío enfadada y con el rostro pálido y blanquecino como una hoja de papel. Los chicos se miraron sin entender lo sucedido mientras Rebeca giraba la cabeza hacia la puerta que comunicaba el comedor con el pasillo, donde ha sonado el ruido.

– El ruido proviene del dormitorio, pero estamos en el último piso. ¡Es imposible!

- Imposible o no, yo no me muevo de aquí. Se me ha puesto el vello de los brazos como chinchetas de duros. Jó, nena, qué fin de cena has preparado. – dice María, siguiendo la mirada de Rebeca.

- Tenemos que ir a mirar. No nos vamos a quedar aquí toda la noche como pasmarotes – Markel se puso en pie y se dirigió decidido hacia la puerta.

- Vale, pero Superman que vaya delante – insinúa Rocío que no las tiene todas consigo. – De todas formas, Rebeca, ahí dentro no hay más que los dormitorios.

- Si. Vamos a ver qué ha producido el ruido

Desde el quicio de la puerta observaron el sombrío pasillo, más oscuro si cabe por el contraste que producía la iluminación del comedor que quedaba a sus espaldas. Tres metros más allá, se abría un pequeño distribuidor que conducía al dormitorio de Rebeca y a su gabinete de trabajo. A través de la puerta entornada, los movimientos de la cortina provocados por la suave brisa que penetraba por la ventana entreabierta proyectaban sombras difusas y amenazadoras.

Rebeca se fue acercando por el pasillo seguida del resto de la pandilla. María cerraba la marcha mirando con ojos como platos unas veces hacia el frente, por encima del hombro de Marta, y otras hacia atrás. Con cuidado, puso la mano en el tirador de la puerta y la fue abriendo suavemente, mientras iba deslizando la otra mano por la pared en busca del interruptor de la luz. Al palparlo, lo activó bruscamente.

Al momento, una luz potente y cegadora iluminó toda la estancia y la pandilla dio un respingo con los músculos en tensión. En medio de la habitación, sobre la alfombra, Indy jugueteaba con los restos de una figurita de barro que tenía entre las patas. Al verlos, giró la cabeza y se sonrió complacido.

- ¡Indy, eres, eres, ... un animal! ¡Eso es lo que eres! – dijo María a la que aún le duraba el susto.

- Claro que es un animal, tonta –le respondió Marta – es un gato. Un gato por cierto bastante estúpido. ¿Qué te crees tú que estás haciendo?

Indy se enroscó en los pies de su ama y se restregó contra su tobillo mientras maullaba melosamente.

- Ahora no empieces a hacerle la rosca a tu dueña –dijo Rebeca seria, - has roto una figurita y encima te luces como si fueras lo último de lo último.

- ¡Miau!, -, respondió con satisfacción el felino.

Al oír la respuesta y rota la tensión, todos los amigos rompieron a reír de una forma estruendosa.

CAPÍTULO CUATRO

"EL ORGULLO DE VENEZUELA"

(Centro del océano atlántico)

Era de noche. El carguero cabeceaba fuertemente agitado por las olas que batían sobre su estructura. Panzudo y oscuro, el viejo barco había conocido otras muchas travesías antes que ésta. A lo largo de su eslora, las manchas de óxido competían con gamas indefinidas de colores que, en otros tiempos, habían decorado sus paredes y eran símbolo del esplendor de épocas más gloriosas. En medio de la tormenta, el mar se iluminaba de pronto con el resplandor de los truenos y relámpagos, permitiendo contemplar cómo enormes olas se remontaban hacia el cielo como si invisibles jinetes galopasen sobre caballos salvajes de lomos y crines blancas, que golpeaban con sus cascos el metal del barco y levantaban surtidores de espuma que impedían oír ningún sonido y ver algo con nitidez a poco más de un par de metros.

En el puente, el capitán preocupado, dirigía su mirada alternativamente hacia la carta marítima que tenía sobre la mesa y hacia el amplio ventanal que se abría en la cabina del puente de mando sobre el horizonte y mostraba un amplio panorama del océano. A su lado, el primer oficial comentaba las incidencias del tiempo y le daba novedades sobre las últimas radionoticias.

- Mi capitán, este tiempo va a ir a peor. Este cascarón no aguantará mucho tiempo la tormenta si no amaina, - le comentó preocupado.

- No te preocupes. El "Orgullo de Venezuela" podrá con este temporal como ha podido con los que ha sufrido anteriormente. Respondió convencido el viejo lobo de mar – Si mi olfato y mi reuma no me engañan, dentro de una hora, más o menos, habremos pasado lo peor. Mantén el rumbo actual y a las 03.00 horas realizaremos una nueva lectura.

- ¡A la orden mi capitán!

Mientras tanto, en la segunda bodega, y entre enormes columnas de contenedores herrumbrosos, se escondía la criatura. Había encontrado un profundo hueco entre dos pilas de cajones de metal, y allí se había escondido. Recordaba cómo había entrado en el barco, cómo, desde el linde del bosque, vio que aquellos seres iban haciendo viajes, entrando y saliendo de la enorme "cosa" flotante, cómo se había acercado despacio hasta la parte delantera de la "cosa" y aprovechando las sombras, cómo la había tocado. Era fría y húmeda. Al golpearla, emitía un sonido profundo, lejano, que perduraba en el tiempo.

Trepó por una cuerda que encontró y pasó a través de un gran orificio que se abría sobre el agua. Luego fue bajando, buscando la seguridad de la oscuridad. Comenzaba a tener hambre. Al principio, no se había aventurado a salir porque sentía que los seres que iban encima de la "cosa" eran peligrosos y podían hacerle daño, pero el hambre y el miedo que sentía cuando el barco empezó a moverse fuertemente por la tormenta, hizo que se animara a buscar comida.

En la cocina, Benedetti discutía con el nuevo ayudante que tenía.

- Te tengo dicho que me asegures bien las salsas en los agarres de la mesa, sobre todo cuando hay tormenta. Ahora hay que limpiar esto y volver a hacerlas de nuevo. Eres un "pringao".

- Ya sé, jefe, pero me despisté oyendo la radio. Respondió cabizbajo Carlo, el aprendiz de cocinero. - No se preocupe que ahora mismo voy a la bodega y subo de nuevo los ingredientes para la salsa. Verá que no tardo nada.

Por el suelo metálico del pasillo que conducía a la despensa del barco, los pasos apresurados del pinche resonaban con fuerza. Mientras casi corría por el mismo, iba musitando para sí:

- De todas formas, no hay derecho. Para lo mal que le sale la salsa, igual podría haber cocinado sin ella. Ahora me tengo que perder las noticias del radio por culpa de…. ¿Qué es ese olor tan desagradable?"

De repente, al final del pasillo, apareció una sombra enorme, con una cabeza grotesca donde resaltaban dos pequeños ojos rojos y malévolos que brillaban con mirada asesina; de las abiertas fauces, pequeñas gotas de saliva caían sobre el pecho de la criatura. Carlo, paralizado por el terror, sólo pudo empezar a articular un grito de alarma antes de que la aparición se le echara encima. Al sentir el primer zarpazo en la cabeza, todo le empezó a dar vueltas y un velo negro cayó sobre él a medida que iba perdiendo la vida.

Una hora más tarde, en el puente, el primer oficial estableció la comunicación con el Servicio de Guardacostas y le comunicó las últimas noticias a su capitán.

– Mi capitán, se confirma lo que comentó. La tormenta se desplaza hacia el sudoeste. A partir de ahora, encontraremos mucho mejor tiempo para viajar.

- Ya se lo dije. A partir de ahora, el viaje será mucho más cómodo y rápido. Voy a ir a descansar un rato. Ordene a la cocina que me envíen la cena a mi camarote.

- ¡A la orden, mi capitán! –respondió el oficial, con el intercomunicador en la mano y presto a cumplir lo ordenado.

En la bodega, la bestia daba cuenta de los restos de Carlo, el pinche de cocina. Escondida en el rincón más profundo pensaba que, hasta llegar a tierra firme, podría alimentarse de las personas que iban en el barco. La facilidad con que había cazado al ayudante de cocinero le envalentonaba y sabía que, con su fuerza, pocos de ellos podrían resistírsele.

Además, la satisfacción añadida de poder destrozar y matar a estas personas, le hacía asomar en su rostro una mueca de placer que era una auténtica máscara de horror para quienquiera que pudiera verla.

CAPÍTULO CINCO

BILBAO

Habéis leído la noticia del barco?. - Preguntó Giusseppe a los demás mientras desayunaban en su cafetería favorita. – Es espeluznante. Parece ser que el barco zarpó con la tripulación al completo, y el capitán dice que en plena travesía han perdido a 5 tripulantes. Nadie les ha oído caer al agua ni ha oído nada. Esto es un auténtico misterio.

- Es verdad. Esta mañana he hojeado la noticia y sí que es intrigante – respondió Rebeca. – De todas formas, tiene que haber una explicación lógica.

- O eso o existen los fantasmas – María tuvo un escalofrío. – Lo cierto es que me encuentro particularmente nerviosa estos últimos días. Será por los sueños que hemos tenido o por lo que sea, pero este tipo de noticias no me gustan un pelo. Esa referencia al olor me resulta perturbadoramente familiar. ¿No estás de acuerdo conmigo, Rebeca? La noticia del periódico que había enervado a María rezaba así:

"En la madrugada de hoy, ha arribado al puerto de Santurtzi el barco de bandera panameña, "El orgullo de Venezuela", el cual, portaba desplegadas

las banderas de cuarentena a bordo. Se han personado en el buque miembros de la Ertzaintza y del Servicio Vasco de Salud – Osakidetza-. La tripulación del barco se vio mermada al desaparecer durante la travesía cinco de sus tripulantes, sin que, en ningún momento, el resto de sus compañeros se diera cuenta de la desaparición o notase algo.... Lo más curioso de las misteriosas desapariciones ha sido la coincidencia de toda la tripulación al afirmar que por las bodegas del barco notaban un olor penetrante y dulzón que acabó pocas horas antes de atracar el barco"

- ¡Chicas, chicas! –Rocío corrió hasta nuestra mesa agitando el periódico. – ¿Habéis leído lo del barco? ¿Ese olor no será...?
- Haz el favor de no pensarlo siquiera –respondió María palideciendo – hace un momento, comentaba que se me pone el pelo de punta sólo de pensar que podemos revivir aquello.
- Bueno, - intervino Markel en la conversación intentando zanjar el tema – Haced el favor de no poneros nerviosas y dejad el asunto. Probablemente sean olores propios de la carga del barco. No saquemos las cosas de quicio y desayunemos tranquilamente.

La criatura llegó a los terrenos de la vieja fábrica. Cuando vio tierra a través de uno de los ojos de la sentina, buscó la oportunidad de esconderse entre los hombres que deambulaban por la embarcación, hasta que, en un descuido y próximo el barco ya a la costa, se tiró al agua, y consiguió llegar a la orilla. Una vez allí, se internó en la vegetación y comenzó la ascensión a una pequeña loma hasta que encontró un bosquecillo en el que se agazapó durante un tiempo.

Más tarde, y aprovechando aún la oscuridad reinante, se encaminó por el terreno arbolado, de matorral en matorral, hasta que vislumbró las sombras que proyectaba la fabrica al amanecer. Se fue acercando sigilosamente, cuidando no ser vista por nadie. Penetró por un enorme agujero en la pared y, una vez dentro, buscó el lugar más oscuro y húmedo donde poder descansar cómodamente. Había percibido en el ambiente, gracias a su finísimo olfato, la presencia de uno de los seres que acabó con su familia, y estaba dispuesta a seguir ese olor hasta encontrarlos.

En estos momentos, pensaba en los jóvenes que mataron a su familia y soñaba con el poder encontrarlos y acabar con ellos, y lo haría, aunque fuera lo último que hiciese en su vida.

CAPÍTULO SEIS

BILBAO

Como todos los días, María salió a correr por el parque junto a la vieja fábrica. Esta mañana se encontraba incómoda. En la cena, aunque como casi siempre terminó bien, soportaron una gran tensión por el susto que les dio Indy, y eso, junto a los recuerdos recurrentes del viaje y la noticia aparecida en el periódico, le habían hecho pasar una mala noche.

Tan ensimismada estaba en sus sombríos pensamientos, que no sintió nada ni vio a nadie a su alrededor hasta que un ruido seseante le hizo dar un respingo y saltar del camino hacia el césped que lo bordeaba.

- Caray chica, que susto te has llevado, lo siento. Pensaba que me habías visto llegar – dijo Marta que había parado su bici a su lado y en cuya cesta Indy iba todo tieso, con sus bigotes al aire.

- No te he oído llegar. Estaba pensando en la cena de anoche y además, estoy corriendo como distraída. Percibo que no estoy sola, que alguien me está acechando – le respondió aprensiva María, que no dejaba de mirar hacia uno y otro lado. Indy seguía la mirada de María atento y observaba también todo lo que veía a su alrededor.

- Bueno, relájate. La cena estuvo muy bien, y este gato taimado se llevó su merecido al llegar a casa por el susto que nos dio – le replicó Marta. Al tiempo que Indy la miraba como diciendo "esta chica no se entera de nada", - además, te notamos todos muy tensa. Lo del periódico puede ser una casualidad, tampoco hay que ponerse en lo peor y pensar en monstruos o cosas parecidas.

- De todas formas, estarás de acuerdo conmigo en que no es normal lo que nos está pasando estos días. La coincidencia de pensamientos, la noticia del barco.... ¿O tú piensas que lo del olor es normal?

- Bueno, no tengo ninguna explicación lógica ahora, pero seguro que, si nos reunimos la pandilla y pensamos un poco, encontraremos algo que justifique estos fenómenos. Podríamos acercarnos al puerto de Santurtzi e investigar un poco por nuestra cuenta. A fin de cuentas, no se nos da tan mal – concluyó animada Marta.

Escondido en la fábrica, a través de un agujero tapado parcialmente por la vegetación, la criatura vio a las jóvenes hablar. Había reconocido en María a una de las chicas que mató a su familia, y la observaba con una mirada de odio feroz. Veía por primera vez a la otra chica y al extraño y pequeño animal que estaba con ella. Este había saltado de la cesta y se movía alrededor de las muchachas oliendo y persiguiendo a todo cuanto se movía. La criatura había encontrado por fin a una de las personas que había venido a buscar, y no iba a parar hasta conseguir acabar con todas.

Decidió seguirlas para ver si aparecían los demás. Estaba oscureciendo y si no se separaban demasiado del linde del parque, las vería a través del follaje. Un brillo en su mirada le confirió un aire cruel, mientras un rictus sardónico aparecía en la comisura de su boca, mostrando unos colmillos amarillentos por donde un reguero de saliva descendía hasta su pecho – Los encontraré y los destrozaré a todos – era el pensamiento que tenía fijo en la cabeza el monstruo.

Rebeca sentada en su despacho del museo, estaba pensativa, cuando el sonido del teléfono la sacó de su ensimismamiento.

- Rebeca, te llamo desde casa de María. Soy Marta. Oye, nos hemos encontrado en el parque y hemos pensado que querrías que echásemos una mirada al barco que llegó al puerto el otro día, ya sabes, el que os asustó tanto, por la noticia del periódico.

- Bueno, en estos momentos estaba terminando una parte del programa de clasificación de obras para el museo, pero podemos encontrarnos en el puerto a media tarde, a eso de las siete

- De acuerdo. ¡Ciao!

CAPÍTULO 7

SANTURTZI

Eran poco más de las siete cuando Rebeca, Rocío, María, Marta, Markel y Giusseppe se reunieron a la entrada del puerto.

– Hola a todos, pandilla. Vamos a investigar un poco, ¿eh? –saludó Marta animosa. Indy en sus brazos se relamía feliz intuyendo una nueva aventura gatuna.

- Bueno, vamos a tomárnoslo con tranquilidad. Ojeamos un poco el barco, vemos lo que tiene y nos retiramos, ¿de acuerdo? – Respondió temerosa María, a quién aún le perduraba el miedo en el cuerpo.

- Sí. A mí tampoco me hace mucha gracia ponerme a buscar huellas que demuestren que nuestros temores son fundados – apostilló Rocío con cara de pocos amigos. – Y que ninguno haga bromitas, porque se las verá conmigo.

Todos pusieron cara de asombro y empezaron a hablar, todos a la vez, interrumpiéndose unos a otros, y como excusándose por ser acusados.

– Bien, comencemos. - ordenó Rebeca tajante y poniéndose en marcha, seguida de la pequeña compañía.

El barco ofrecía un aspecto viejo y ruinoso. Se veía que había vivido tiempos mejores. Atado a popa y proa por las amarras, se mecía suavemente son del oleaje del puerto, con un pequeño vaivén que tenía un efecto casi hipnótico. A lo largo de la quilla, de un negro - azulado en su parte inferior y color cobrizo mate en su parte superior, se apreciaban desconchados y lamparones, allí donde el óxido y la corrosión habían vencido la protección de la pintura. El nombre "Orgullo de Venezuela" se mantenía, no obstante, limpio y claro en la parte delantera del mismo. Una escalerilla oscilaba con un suave vaivén desde el borde de la cubierta hasta el muelle. La cuadrilla se encaminó hacia la pasarela para subir al buque.

Una vez en la cubierta, los seis amigos dispusieron el plan.
– Yo creo, que deberíamos explorar de abajo arriba, comenzando por la última bodega – dijo Markel tomando la voz cantante en el grupo, – así, no nos dejaremos nada por mirar. Podremos terminar en la cabina de mando.
- Entonces, será mejor que nos dividamos en varios grupos, porque el barco parece bastante grande – replicó Rebeca. – Yo iré hacia proa con María y Rocío, y miraremos en las bodegas y en los camarotes que encontremos. Markel, Giusseppe y marta, con Indy, comenzaréis a mirar desde popa, de la bodega inferior hacia arriba. Nos encontraremos aquí, y juntos examinaremos la estructura superior del barco. Después de asentir todos, cada grupo se encaminó hacia la zona asignada.

Las tres amigas descendieron por las delgadas escalerillas metálicas que conducían hacía lo más profundo de las bodegas del buque. María miraba recelosa a todas partes, como temiendo encontrarse de pronto con alguna sorpresa. Rocío, en cabeza, vigilaba atentamente por donde pisaba.

La tenue luz amarillenta, que proporcionaban unos pequeños paneles, daba un aire fantasmagórico a los estrechos y grises pasillos. La escasa iluminación mostraba grandes espacios de sombras que hacían, aún más tenebroso el recorrido. Al final de un pasillo particularmente largo, encontraron una puerta entornada, en cuyo pie nacía una escalerilla que descendía hasta las profundidades del barco.

Rocío empujó la puerta y sacando una linterna de la mochila, iluminó los escalones.

– Parece que esta puerta lleva hasta la bodega. Tendremos que descender para terminar nuestra parte del barco.

- Bueno, hagámoslo, pero rápido. No me quiero demorar más de lo necesario aquí abajo. Esto me da escalofríos – replicó María, mientras Rebeca observaba por detrás del hombro de Rocío, los contornos iluminados por la linterna. – Parece que aquí dentro han transportado contenedores. Quedan algunos sueltos y restos de material de embalaje por el suelo – señaló hacia el fondo del depósito – Empecemos por ahí y enseguida acabaremos.

El recorrido se volvió lento al no tener más luz que la proyectada por la lámpara. Cada poco, tenían que asomarse por entre los huecos dejados al remover los grandes contenedores que el barco había traído a puerto, lo que les hacía perder el tiempo. El suelo, resbaladizo por el derramamiento de distintas substancias de tantos y tantos viajes, había hecho dificultoso el tránsito por la zona. De pronto, se oyó una exclamación:

- ¡Mirad esto!, María movió la mano de Rocío en la que llevaba la linterna para que apuntase hacia el suelo, a un montón que prácticamente no se veía por estar en una esquina al fondo del contenedor. – Parecen huesos. ¡Y son humanos!

- Puede que hayamos encontrado los restos de los tripulantes desaparecidos. Vamos a buscar a los demás para enseñarles el descubrimiento – apuntó Rebeca. - Esto comienza a ponerse muy misterioso y no me gusta nada. Quizás vuestras intuiciones no vayan muy descaminadas – se tocó la nariz y añadió – no notáis aún el olor que flota en el ambiente. ¿A qué os recuerda?

María y Rocío se miraron y lentamente giraron las cabezas hacia Rebeca, mostrando en sus rostros el temor por lo que en su interior estaban pensando en ese momento. ¡ELLA estaba allí!

La bestia había seguido a las amigas durante todo el día. Desde el linde del parque pudo ver cómo entraban en una casa y pacientemente, se acomodó a la espera de que salieran. Horas más tarde, las amigas con el pequeño y peludo animal que siempre los acompañaba, se dirigieron hacia el puerto.

Reconoció la dirección que tomaron porque notaba el fuerte olor a salitre y a humedad de la zona portuaria. La mezcla de aromas marinos y el dulzón de la putrefacción de restos de pescado, que esperaban a ser devorados por las gaviotas, hacían familiar la zona. Se las ingenió para poder seguirlas sin ser vista por nadie.

Se escondió en una pequeña loma sobre la entrada del puerto y pudo ver cómo se reunían con el resto del grupo. Sus ojos rojizos brillaron malévolos cuando reconoció a Rocío y a Rebeca como las jóvenes que, en compañía de María, estuvieron en su tierra y mataron a su familia.

Cuando comenzó a pensar en cómo podría acercarse a ellas para consumar su venganza, observó que el grupo se dirigía a la escalerilla del barco y comenzaba el ascenso. Una vez en la cubierta, vio cómo se dividían en dos grupos. Sus odiadas enemigas se dirigieron hacia la parte delantera del buque, mientras que los otros jóvenes fueron hacia la parte posterior. En ese momento decidió que tenía que entrar en el buque y ver qué buscaban. Buscó la forma de entrar en el mismo.

CAPÍTULO OCHO

SANTURTZI

Markel, Giusseppe y Marta seguían a Indy, a la cabeza del pequeño grupo explorador. Este con sus triangulares orejas levantadas y un poco adelantadas, giraba la cabeza a todos los lados husmeando e inspeccionado las esquinas; el rabo tieso y levantado indicaba que estaba totalmente dedicado a la tarea investigadora.

- Marta, haz el favor de decirle a este "listillo" que, si es cierto lo que sospechan María y Rocío, se va a llevar un susto de muerte. Va tan ufano y garboso que, como alguien estornude, van a tener que despegarlo con una escoba del techo de la bodega – comentó Giusseppe molesto porque ya había tropezado dos veces con el gato, al cambiar este de dirección bruscamente, en su búsqueda incesante de olores.
- Ni se te ocurra comentarlo. Indy hace lo que puede – replicó toda orgullosa de su felino marta.
- Que no es mucho – replicó Markel también enojado y con ganas de terminar la discusión. – ¡Intenta que por lo menos no tropecemos con él!

Marta indignada se adelantó colocándose a la altura de Indy, y así el grupo prosiguió serio y enfurruñado la exploración.

Los amigos bajaron por las escalerillas haciendo, sin saberlo, lo mismo que habían hecho sus amigas en el lado opuesto de la nave. Pasados quince minutos de descenso por rampas y niveles, llegaron a una bifurcación. A ambos lados de esta, la tenue iluminación dificultaba la identificación de la zona donde se encontraban. Markel señaló:

- Es imposible acabar a tiempo si nos mantenemos juntos. Tenemos que dividirnos para poder ver ambos pasillos y regresar a tiempo junto a los demás.

- ¿Tú crees que es una buena idea? – Preguntó con voz temerosa Marta, mientras lo miraba de forma inquieta. Giusseppe por su parte asistía a la conversación en silencio.

- Es la única manera de terminar pronto. Si os parece bien, yo iré por el pasillo de la derecha, mientras vosotros vais por el de la izquierda. – comentó convencido Markel. – Si encontráis alguna otra bifurcación, coged siempre el pasillo de la izquierda. En media hora nos veremos de nuevo aquí.

Cuando terminó la frase, con paso resuelto, Markel se encaminó decidido por el pasillo que había elegido. Marta y Giusseppe con Indy sentado delante de ellos, observaron cómo se disminuía su silueta conforme se iba alejando de ellos, y se adentraba en la parte más profunda y oscura del pasillo.

La gruesa maroma que amarraba el buque al noray del muelle permitió penetrar a la "criatura" en el barco; se deslizó por ella, colgada boca arriba, agarrándose con las manos y los pies. Fue desplazándose por la soga hasta que estuvo junto a la nave. Entonces, dejó caer las piernas, y balanceándose con sus fuertes brazos, se columpió hasta que logró apoyar sus pies en una ventana abierta situada en la parte posterior del barco. Con un último balanceo, se dio impulso y consiguió introducirse en el interior.

Una vez dentro, observó a su alrededor. Se hallaba en un almacén lleno de cajas de conservas, envoltorios de equipos de mantenimiento y demás herramientas. Carteles de alimentación y pósteres de películas antiguas cubrían las paredes grises. En lo alto, tres bombillas amarillentas conformaban la única decoración de una lámina fría y gris, dando una luz fantasmal a la habitación. A ambos lados de la ventana por la que había penetrado, estaban montadas estanterías metálicas del mismo tono que cubrían las paredes y el techo, repletas de paquetes, clasificados y colocados según su contenido, Enfrente, una mampara, también gris, servía de salida natural al habitáculo.

La bestia olfateó el ambiente intentando localizar a los jóvenes, pero en vano porque en el interior del almacén no encontró olores conocidos. Persistiendo en la búsqueda de un rastro de ellos, se encaminó hacia la mampara, y con un movimiento de la manivela, abrió la puerta y se adentró en los pasillos del buque.

Una vez en el exterior del almacén, observó a ambos lados del pasillo vacilando sobre que dirección tomar. Enseguida, su agudo oído captó el eco de voces enojadas y le indicó el camino a seguir.

En otro lugar del barco, Markel enfadado, no prestaba mucha atención a lo que encontraba. Mientras repasaba la conversación tenida hacía poco con Marta y con Giusseppe, como testigo de la misma. Los nervios les estaban jugando malas pasadas y el motivo del enfado, en el fondo lo sabía, era una tontería.

Tan ensimismado estaba en sus pensamientos, que no se percató de que había penetrado en una zona con iluminación más deficiente, por la falta de varias de las bombillas que alumbraban desde la parte superior del pasillo. En esta zona, sin identificar, aunque sabía que estaba a popa del barco, las sombras eran abundantes y el aspecto general del recorrido tenebroso. Con un escalofrío, intentó disipar sus temores afirmando enojado:

- Toda esta historia del monstruo es una invención y una pasada de las chicas. Vamos a terminar todos con una psicosis de campeonato que nos obligará a tomar medicación para los nervios.

Markel empezó a fijarse más detalladamente en todo cuanto le rodeaba. Repentinamente, se inmovilizó paralizado por el miedo, al percibir un olor dulzón y penetrante que instantes antes no había impregnado el ambiente.

Con el rostro cerúleo y los ojos con pupilas dilatadas por el terror, fue girando lentamente la cabeza mirando en la dirección de donde creía que procedía el olor.

CAPÍTULO NUEVE

SANTURTZI

Rebeca, Rocío y María, finalizaron la inspección de la bodega y, empujando la puerta, pasaron a un nuevo compartimiento que, como los anteriores, se convertía de forma rápida en estanco, en cuanto se accionaban las manivelas de las puertas a ambos lados del mismo.

Este pasillo era idéntico a los anteriores y por ello, las tres amigas empezaron a desanimarse.

- Esto comienza a ser un aburrimiento – dijo seria Rocío, - me da la impresión de que estamos perdiendo el tiempo.

- Bien, ya que estamos aquí, – le respondió Rebeca – vamos a terminar con nuestra parte de la exploración. Si descartamos nuestras sospechas, estaremos todos mucho más tranquilos – concluyó con firmeza.

- Si. – apostilló María. – Puede que sea una tontería, pero tengo desde hace días un mal presentimiento, y si esto me tranquiliza, prefiero perder el tiempo mirando aquí, que en la cama despierta por las noches sin poder dormir.

El ruido de una puerta al cerrarse bruscamente y voces discutiendo, hizo que las tres dirigieran la vista al mismo tiempo al final del pasillo.

– Parecen las voces de Marta y Giusseppe! ¿Que pasará? – exclamó Rocío.

- ¡Qué extraño! – respondió Rebeca. – No tendrían que estar en esta zona. Vamos hacia allá.

Sin demorarse, se encaminó hacia allí seguida por sus amigas. Cuando estaban a punto de llegar a la puerta, esta se abrió y aparecieron en el marco de la misma, Marta y Giusseppe. Marta, girada hacia atrás, le decía a su amigo:

- Yo no quería discutir con él. Estamos todos nerviosos – repetía constantemente Marta a un interlocutor invisible.

- ¡De todas formas, hemos hecho mal en separarnos – oímos la voz del de Guisseppe que en este momento introducía su cabeza por el portalón – Hola! ¿Estáis aquí? - nos saludó. Marta al oírlo, se giró bruscamente y dio un salto para atrás tropezando con él.

- Oh!, Que susto. No os había visto ni oído.

- De dónde venís? – les espetó Rebeca con la cara sería – ¿Dónde está Markel? Se supone que estabais todos juntos.

- Venimos de nuestra zona, pero decidimos dividirnos al encontrar una bifurcación en las bodegas – respondió Marta con la cabeza baja. – En realidad, han discutido Markel y Marta, y él nos ha propuesto separarnos para acabar cuanto antes – explicó Giusseppe. – Estábamos nerviosos y la tensión al final ha podido con nosotros.

- ¿Cuándo ha sido eso? – Preguntó preocupada Rocío.

- Hará una media hora como mucho. Veníamos por vosotros, para luego, regresar todos juntos – respondió Marta.

- No habéis hecho bien. Sabéis que tengo un mal presentimiento y esto no me gusta nada – puntualizó María – Volvamos enseguida. Espero que no sea demasiado tarde.

Con el ánimo sobrecogido por las últimas palabras de María, recorrieron a la carrera todos los pasillos por donde habían venido Marta y Giusseppe. En el fondo, ninguno estaba tranquilo desde la aparición de la noticia de la prensa, porque pensaban que lo que lo que era el sueño de un fatídico viaje podría convertirse en realidad. Era imposible que la bestia estuviera en Bilbao, o ¿no?

Después de retroceder por los pasillos del barco durante diez minutos en busca de su amigo, al girar un recodo, tuvieron que rendirse a la evidencia de que el peor de sus sueños, esa pesadilla que les perseguía incesantemente se había hecho realidad. Markel yacía en el suelo, el cuerpo levemente apoyado sobre uno de los mamparos laterales, ensangrentado. Las chicas profirieron gritos de horror y se detuvieron paralizadas. Giusseppe fue el primero en reaccionar, las empujó, y se dirigió hacia su amigo.

Markel le miraba con ojos vidriosos y visión desenfocada. Su expresión había perdido su brillo habitual y se apreciaba que apenas podía articular una palabra. El jersey estaba desgarrado por varios sitios y lleno de sangre, hasta el punto de endurecer el tejido. En el tórax se apreciaban también marcas de profundos cortes, por las que el muchacho iba perdiendo abundante sangre.

El pantalón estaba roto por las dos perneras, a consecuencia de sendos desgarramientos, a través de los cuales, se apreciaban profundos arañazos, de la que manaba la sangre formando remansos por debajo de sus muslos.

Markel, más y más debilitado por la pérdida sanguínea, con conseguía mantenerse consciente y emitía palabras incomprensibles.

Giusseppe acercó el rostro a su boca e intentó escuchar aquello que Markel musitaba de forma entrecortada:

- El monstruo...... es horrible...... está aquí

Poniéndole la mano en el hombro, aunque interiormente sobrecogido por la espeluznante noticia que su amigo le acababa de dar, Guisseppe le tranquilizó. Después se giró hacia sus amigas, que estrechamente unidas miraban temerosas la escena, y les dijo:

- Coged el móvil y llamad pronto al 112. Si no vienen rápido, Markel va a morir desangrado. ¡Vamos!, ¡espabilad!

CAPÍTULO DIEZ

BILBAO

Giusseppe entró corriendo en la cafetería donde solían quedar para reunirse.

- Vengo ahora mismo del hospital. ¡Me han dicho que Markel se recuperará!

Las chicas se levantaron al unísono de sus asientos y comenzaron a abrazarse llenas de alegría.

- Me alegro. ¡Bien por él! – Espetó eufórica Marta. Ciertamente, era la que peor lo había pasado porque no conseguía olvidar que su discusión con Markel había sido el origen de la separación del grupo y del posterior ataque. No dejaba de pensar que, si hubieran estado juntos, esto no habría sucedido.

- ¡Estupendo! - Gritaron al mismo tiempo Rocío, Rebeca y María. Como ellas estuvieron en el viaje por el Amazonas, sabían cómo se las gastaba la bestia y no las tenían todas consigo.

Indy se encontraba como loco, daba saltos por entre los chicos, rebotaba contra ellos y salía disparado hacia todos los lados, usándolos como trampolín.

- Gato tontín. Estás contento por Markel, ¿verdad? – le decía Marta feliz.

- Sentémonos – dijo Rocío seria. – Tenemos que hablar de un tema que ninguno quiere abordar.

- Ya sé a qué te refieres – corroboró también seriamente Rebeca.

- Sí – apuntilló María. – Quieres hablar de la bestia esa.

- Exacto – confirmó. – Ese animal está aquí. Casi acaba con Markel lo que demuestra que, de alguna manera, ha podido cruzar el océano, nos ha buscado, encontrado y seguido hasta el barco. – Su mente jurídica comenzaba a desglosar lo sucedido, ordenándolo secuencialmente como si de un ordenador se tratara.

- Tenemos que tomar la iniciativa – continuó Rebeca siguiendo el hilo argumental de su amiga mentalmente – Tenemos que ser los primeros en encontrarla y acabar con ella.

- Para eso – concluyó María que tomó el testigo del pensamiento conjunto del trío de aventureras – hay que diseñar un plan. Pensemos en cómo vamos a atraerla a una trampa.

Y se sentaron todos muy juntos alrededor de la mesa, hablando a la vez y ofreciendo el mayor número de ideas posibles.

Entretanto, la bestia había vuelto a la vieja fábrica. Cuando encontró en el barco a aquel muchacho, no pudo acabar con él porque oyó como venían sus amigos y no estaba segura de poder terminar con todos. De todas formas, sintió una gran satisfacción al dar los zarpazos, herir gravemente al joven y ver como se desplomaba sangrando abundantemente. El animal creía que el chico había muerto y que ya quedaban menos de esos odiosos jóvenes a los que quería matar.

La salida del barco le resultó más fácil de lo que pensó en un principio, porque las sombras de la noche habían caído sobre la zona de la dársena, especialmente sobre el muelle. Por ello, pudo descender por la misma maroma por la que había subido al principio, y una vez pisó tierra firme, buscó la seguridad de un hangar cercano donde poder esconderse detrás de unos enormes barriles negros como la noche.

Más tarde, a hurtadillas, salió del hangar y se dirigió hacia la colina que ya conocía. Allí se desplazó por el bosquecillo, de matorral en matorral, hasta reconocer los alrededores de la fábrica. Una vez allí, buscó el agujero en la pared que era su entrada habitual y penetró por el.

La fábrica era enorme, y aunque vista desde el exterior, daba una sensación de derrumbe y abandono, con alteraciones en su estructura a distintos niveles y boquetes en algunas de sus paredes. En cambio, desde el interior, impresionaba como lo hubiera hecho una antigua e imponente catedral gótica. La bestia se encontraba en la nave principal. De techo alto, la nave era de planta rectangular, con más de cuarenta metros de longitud por veinticinco de anchura. Dos filas de vigas maestras situadas en paralelo conformaban una fantasmagórica formación de honor que recibía al visitante.

En las paredes laterales, se abrían abundantes ventanas estrechas y alargadas que en otros tiempos proporcionaron claridad y calor de la luz diurna a los trabajadores. Sin embargo, su aspecto era mucho más lóbrego y sobrecogedor por el estado de abandono y miseria en que se hallaban. Muchos de los ventanales estaban rotos o deteriorados, los cristales completamente oscurecidos por la desatención y falta de limpieza continuada. Esto unido a la conquista del bosque cercano de los terrenos afines a la edificación, disminuía la luz que penetraba en el interior del local, porque tenía que vencer además de la mugre, el obstáculo que suponía la frondosidad de las copas de los árboles que tocaban, prácticamente, las paredes exteriores de la construcción.

Los techos, tan altos que parecían estar suspendidos mediante cables invisibles del mismo cielo, tenían adosado en su parte inferior enormes raíles, con un sistema de transporte de carga compuesto por una grúa con gancho suspendida mediante un sistema de poleas.

Los cables que mantenían en funcionamiento el dispositivo alimentando eléctricamente al circuito, se encontraban anclados al techo mediante grapas de ajuste.

La iluminación de la nave, en su origen, se componía por una red de luminarias dispuestas de forma longitudinal que seguían la dirección de la nave, situadas sobre lo que antiguamente había sido la zona de producción mecánica del complejo. Ahora, por el contrario, muchos de esos tubos fluorescentes se veían negros, sucios y apagados, como rayas oscuras pintadas a mano en el deslustrado techo. En el suelo quedaban algunas de las máquinas que, al principio, llenaron de ruido el ambiente, y que actualmente estaban tan abandonadas que difícilmente se podía adivinar para qué habían sido diseñadas.

Al fondo de la nave, se accedía a la primera planta por dos amplias escaleras laterales bordeadas por lo que antes fue una barandilla finamente trabajada a mano por orfebres meticulosos. En la primera planta, antiguamente estaban las oficinas de la compañía, el despacho del presidente y la sala de juntas. Ahora, sólo permanecían los paneles de los distintos despachos, con los marcos de las ventanas mates por la acumulación de suciedad y óxido. Los cristales estaban sucios y muchos de ellos, mostraban roturas parciales o completas que aumentaban la sensación de abandono del conjunto.

En la planta principal, al final de la nave, en su parte central, se abría una enorme rampa que conducía al primer sótano del edificio, rodeada de dos barandillas para evitar accidentes. Ahora, con la falta de luz existente, la abertura se asemejaba a las fauces abiertas de un gran animal que esperaba que su presa se acercara para estirar el cuello y devorarla completamente.

Esta rampa también conducía a un segundo sótano, si cabe aún más sombrío y tenebroso que el anterior, en el que, por la oscuridad reinante, se hacía difícil poder calcular con facilidad su extensión y contenido. Las escasas zonas de claridad que proporcionaba la luz que a veces entraba por la rampa, amortiguaban la sensación de absoluta oscuridad que reinaba en su interior.

Tras recorrer la planta baja, la bestia llegó hasta el final del sótano que se había convertido en su escondrijo y donde dormía. La larga caminata, la emoción de la caza y la excitación de haber tenido cerca de sus enemigos, la habían cansado. Mató una rata que cometió la osadía de pasar cerca de ella creyéndola descuidada y, con la boca enmarcada por la sangre del roedor, se tumbó encima de una mezcla de escombros y tierra quedándose dormida.

CAPÍTULO ONCE

BILBAO

En el museo, Rebeca supervisaba la instalación del nuevo programa de ordenador que había confeccionado. La inminente inauguración del ala destinada a arte precolombino forzaba la puesta en marcha de la clasificación informática de las piezas que se iban a mostrar en los próximos días.

Su cabeza no estaba del todo inmersa en su trabajo. La reunión de la tarde anterior con sus amigos en su cafetería favorita les permitió diseñar una estrategia para buscar y destruir a la bestia.

Los jóvenes estudiaron detenidamente el plano de Bilbao que el museo le había proporcionado. El puerto de Santurtzi, donde Markel fue atacado, no ofrecía muchos escondites posibles salvo los hangares de los muelles y allí, era muy difícil que la bestia se escondiera porque hubiera sido vista con anterioridad. Así pues, concluyeron que tenía que estar escondida en otro sitio.

Como su tamaño la hacía fácilmente reconocible, fueron descartando distintos lugares en los que, por estar habitualmente muy transitados, también era muy complicado que se escondiera. Su cubil tenía que ser al mismo tiempo grande para ocultarla con facilidad y estar en un lugar poco concurrido en el que la gente no deparara fácilmente.

Por otra parte, no había que olvidar que la bestia estaba acostumbrada a vivir en la selva y que la ciudad era el último sitio en el que intentaría esconderse. Su instinto la llevaría a buscar zonas verdes, arboladas y con agua cerca, que le permitiese beber o alimentarse de roedores o pequeños animales.

El mapa no ofrecía muchos lugares con estas características. En el centro de Bilbao, el gran parque de Echevarria donde ella misma se encontraba, sí reunía las necesarias y adecuadas para que el animal se escondiera. Los restos de la antigua factoría, dependiente de la empresa Echevarria, donde se encuentra el museo, era de grandes proporciones y allí si había sitio para ocultarse. No obstante, su proximidad a la zona central de la fábrica, donde estaban el centro cultural y el museo etnográfico, en la que había visitantes todos los días, hacía difícil pensar que estuviera oculta allí, aunque no se podía descartar.

Las colinas, que abrazaban Bilbao en su crecimiento por las márgenes de la ría y que ascendían hasta el monte Artxanda, eran otro de los lugares en los que el monstruo podría haberse escondido. En este monte quedaban restos de cuevas de la época de la guerra civil: Casamatas y un importante cinturón defensivo de la ciudad. La existencia de abundante arbolado facilitaba numerosos escondites donde esconderse y cazar cuando tuviera hambre.

La pandilla eligió ambos lugares como los principales puntos "calientes" de la zona. El acceso al puerto, aunque largo, era factible desde los dos sitios. De todas formas, la aparición del monstruo en el barco cuando lo estaban revisando implicaba que de alguna manera los había encontrado anteriormente y los había seguido. No podía ser coincidencia su aparición allí en el preciso momento en que iban ellos.

Parecía imposible adivinar dónde o a quién había visto la bestia, porque la pandilla se movía por distintos ambientes, a veces en grupo y otras, cada uno por su lado. Además, cada uno tenía sus aficiones, las cuales no eran comunes, por lo que el abanico de posibilidades era infinito. Cuando investigaron el asunto a fondo, llegaron a la conclusión de que la única persona a la que podía haber visto era a María.

El monstruo sólo podía conocer a Rocío, Rebeca y María, porque los demás no fueron al viaje. Rebeca había estado muy ocupada los últimos días con la creación del nuevo programa para el museo, por lo que apenas había salido de casa, salvo para ir a trabajar. Rocío también había tenido unos días muy laboriosos y movidos. Incluso, si admitían la hipótesis de que la bestia había arribado a Bilbao con el barco, debía de haberlas localizado hacía poco.

Por consiguiente, la posibilidad que quedaba era María. Todas las mañanas, hiciese el tiempo que hiciese, salía a entrenar por el parque, porque era su zona favorita. Su método de salir todos los días, la convertía en la única de la pandilla a la que el animal había podido ver, y probablemente, el sitio donde la habría visto sería el parque.

El plan consistió en hacer salir a la bestia de su escondite y llevarla al terreno que ellos querían, donde pudieran limitar sus movimientos y así, terminar con ella. La zona del museo fue rechazada porque tenía gran afluencia diaria de público y no querían poner en peligro a ninguna persona.

En el exterior, el animal tendría ventaja sobre ellos porque estaba acostumbrado a moverse en terrenos selváticos y la trampa que planeaban se podría volver contra ellos.

Quedaban entonces, los restos del edificio anexo a la fábrica como lugar idóneo para la preparación de la trampa. Su ubicación, algo alejada del resto del complejo, permitía diseñar el plan sin que supusiera un peligro para nadie más. Con el esbozo de lo que tenían que hacer en la cabeza, Rebeca cogió el teléfono y comenzó a llamar a sus amigos.

CAPÍTULO DOCE

BILBAO

El reloj marcaba las seis de la tarde. La cafetería estaba llena y los amigos esperaban en el centro del local, a que alguna de las mesas se liberara para ocuparla. Enseguida, un grupo de personas se levantó de una mesa situada en el fondo y se dirigió hacia la salida. Indy se adelantó al grupo y con una veloz carrera y un salto final, se plantó triunfal encima de la mesa, agitando satisfecho el rabo.

- Hay que reconocer que es un buen "buscador" – afirmó Marta, orgullosa de su minino.

- Sí. Ya lo dice el refrán: "el mejor sitio de la casa siempre lo ocupan el cura o el gato" – le replicó maliciosamente María, que iba sorteando las mesas para llegar a su sitio.

- Envidiosa – respondió Marta. Indy observaba cómo las amigas se miraban con expresión beligerante.

- Bueno, no empecemos otra discusión. Ya hemos visto por experiencia que cada vez que hay enfados, alguien termina herido – sentenció Rocío. Giuseppe cabeceó enérgicamente afirmando.

- Como os comenté por teléfono, - comenzó Rebeca dando por terminado el rifirrafe - creo que debemos cazar a ese animal en la vieja fábrica. No se me ocurre otro sitio en el que pueda esconderse.

- Yo opino igual. – apoyó Giusseppe – Intentar preparar la trampa en el exterior es delicado porque pueden verse atrapadas en ella personas inocentes. La bestia ha demostrado ser muy peligrosa y no debemos exponer a nadie. Esto es un asunto personal entre ese animal y nosotros – añadió furioso.

Ya había anochecido cuando comenzó la aventura. Los cinco amigos iban callados, concentrados cada uno en sus pensamientos. Indy olisqueaba todos los matorrales como adivinando lo que se esperaba de él, buscando algún olor desconocido que les encaminara hacía su enemigo.

Habían quedado en casa de Guisseppe pensando que, al estar más alejado del parque, no estaría vigilado por la bestia. Desde allí por diferentes calles, llegaron a la parte baja y antigua de la ciudad. Penetraron en el casco viejo con Indy pegado a las piernas de Marta, adentrándose por callejuelas y pasadizos estrechos y mal iluminados que les condujeron hasta unas escaleras.

Los amigos ascendieron y cuando casi habían coronado la cumbre, tomaron un pequeño desvío que hacía un giro hacia la izquierda, y los introducía directamente en uno de los accesos al parque.

Cuando penetraron en el recinto, ya había anochecido completamente. Las farolas, situadas a ambos lados de los caminos y a intervalos regulares, iluminaban tenuemente unos metros a su alrededor.

Más allá, la falta de presencia de la luna, tapada por abundantes nubes, daba un aire sombrío y tétrico al paisaje, aparentando cada árbol, una sombra amenazadora que, en cualquier momento, nos podía asaltar.

Después de andar durante media hora, y con cuidado de no tropezar con las raíces de los árboles y de meter el pie en toperas y desniveles, vislumbraron el contorno de la vieja fábrica. Se encaminaron hacia ella y penetraron en su interior.

La amplitud de la planta baja les sobrecogió. El silencio que la rodeaba y las sombras que se extendían desde los bordes de las ventanas hasta las paredes, le daban el aspecto de una antigua catedral en la que la imaginación nos hacía pensar que pudieran oírse cánticos religiosos, a cuyo ritmo desfilarían recogidamente frailes encapuchados de aspecto siniestro.

Vimos unas escaleras en los dos laterales que llevaban a lo que parecía la zona de oficinas. En el centro y al fondo, una gran rampa descendía hasta las profundidades de la edificación. Se dirigieron allí. Desde la rampa de acceso, la visión era si cabe más atemorizante.

En un amplio sótano, sobresalían enormes vigas maestras, que sustentaban el suelo de la nave principal. El sótano se abría a nuestros ojos proyectando grandes sombras que no invitaban a penetrar en su imperio. A la izquierda, unos andamios de aluminio temporales, llenos de material de construcción y pintura, de maderas y herramientas mostraban el final prematuro de un acabado de obras que por razones desconocidas no se llevó a cabo; a la derecha, por el contrario, no se veía nada. Tan solo una negrura absoluta que impedía cualquier visión. Se aproximaron hacía allí y se asomaron a su interior.

El agujero negro correspondía a una sección del suelo que no había sido terminada. Desde la elevada posición, pudieron observar cómo decenas de finos filamentos de acero sobresalían de una base de hormigón armado que los mantenía rígidos y enhiestos hacia el techo. Aleados con tungsteno para aumentar su dureza, aún conservaban su brillo original. Sobre ellos habría descansado el suelo de la nave, el cual, que tendría que soportar el peso de las máquinas. La falta de cementado del boquete señalaba, como el aparataje del lado contrario, el brusco final de las obras en dicha zona.

Indy, como queriendo tomar parte activa en la investigación, olía y husmeaba en todos los rincones. En la zona cercana al andamio, empezó a bufar erizándosele el lomo y encogiendo su cuerpo como si estuviera dispuesto para saltar.
- ¡Indy ha olido algo! – exclamó Marta de pronto. Todos giraron las cabezas al unísono mirando al gato. Este, por su parte, reculaba desde la zona donde había estado, olfateando sin perder la postura de defensa en ningún momento.
- Tengamos cuidado. ¡Quizás esa bestia está cerca de aquí! – apuntó Rebeca. – Sigamos buscando.

Se dirigieron hacia la salida y de regreso en la planta principal, se encaminaron hacia las escaleras. Todos juntos, como sospechando que la aventura podía llegar a un desenlace, subieron apiñados mirando con desconfianza hacia todos los lados.

Al llegar al rellano principal de la planta noble, se detuvieron junto a la balaustrada donde se dominaban la entrada del recinto y la planta principal.
- De verdad es impresionante – comentó Rocío
- Si. En sus buenos tiempos, esto tuvo que ser un negocio absolutamente imponente – confirmó Giusseppe. – Mi padre me ha comentado en varias ocasiones que el negocio era un gran imperio familiar de más de tres generaciones. Una serie de malas inversiones y una disminución de la política económica de la zona acabaron con él.

Volvieron sobre sus pasos e inspeccionaron las puertas que se abrían a su izquierda. El pasillo tenía tres puertas, todas ellas iguales. Llegados a la primera, Marta cogió el pomo, lo giró lentamente y con precaución fue abriendo la puerta. El espectáculo que se ofreció a sus ojos era deprimente.

Los muebles, antaño de maderas de primera calidad, cubiertos con una gruesa capa de polvo, que hacía imposible descubrir cual fue su tono original; las sillas, que también habían conocido tiempos mejores, mostraban sietes y remiendos y daban al conjunto un aspecto ruinoso de abandono capaz de encoger el ánimo a cualquiera.

Sin darse cuenta, fueron imbuyéndose de la melancólica atmósfera que flotaba en el ambiente. Sus mentes se distrajeron y evocaron tiempos mejores: Empleados moviéndose de un lado a otro y máquinas de oficina trabajando a toda velocidad.

Con un suspiro colectivo, abandonaron la habitación saliendo al pasillo. Aunque no se apercibieron de ello, el ambiente se había cargado de un penetrante y dulzón aroma que de no haber estado tan concentrados en sus recuerdos, les hubiera puesto los pelos de punta

De pronto, al salir del despacho, se encontraron de bruces con la bestia. La pandilla, gritó al unísono, retrocediendo con miedo ante la aparición de semejante monstruosidad. Allí estaba, erguida sobre sus colosales patas con un aspecto auténticamente impresionante y terrorífico.

La satánica mirada del monstruo los paralizó. Sus ojos rojizos observaban malévolamente al grupo con un brillo febril. Sus fauces entreabiertas, se abrían y cerraban compulsivamente, anticipando los placeres de un festín muy tiempo esperado. Gruesos hilillos de saliva le resbalaban por ambas comisuras. Rebeca fue la primera en reaccionar. Con un fuerte empujón a Rocío, gritó al grupo:
- ¡Moveos! ¡Por la escalera, rápido!

Los muchachos se lanzaron en tropel escaleras abajo. Indy, en brazos de María, miraba hacia atrás con el pelo erizado y el rabo levantado. La joven lo sujetaba fuertemente porque el valiente felino quería lanzarse a por el monstruo.

- ¡Estate quieto Indy, por el amor de Dios! Luego pelearemos – jadeó mientras entre Guisseppe y Marta iba desenfrenadamente hacia la planta baja.

El grupo llegó a trompicones a la planta principal y donde un breve instante se detuvieron buscando un lugar donde poder parar un momento para reflexionar.

- ¡Hacia el sótano! – gritó rápidamente Rocío poniéndose en cabeza del grupo – Allí podremos pensar que hacer!

La bestia ya estaba en el rellano donde comenzaban las oficinas y comenzaba a bajar los escalones a toda velocidad. Por la rampa, descendieron a la carrera. María y Guisseppe cerraban la marcha mirando de cuando en cuando atrás, para ver a qué distancia estaba el monstruo. Una vez en el interior, se dirigieron hacia el andamiaje puesto que era la zona más oscura y pensaban así, ganar tiempo.

Arriba, se oía el jadeo del animal y las fuertes pisadas que en el subsuelo resonaban como martillos pilones golpeando sobre el cemento.

Agazapados entre cajas y restos de utensilios, los cinco amigos esperaban expectantes la aparición de la bestia. Armados de barras de hierro que cogieron de un montón de material cercano, vigilaban con el corazón latiendo a un ritmo desbocado un final que no estaba resultando como ellos esperaban.

CAPÍTULO TRECE

BILBAO

La escasa luz que penetraba desde la entrada de la rampa se vio interrumpida al interponerse en ella la sombra enorme de la horripilante criatura. Desde su escondite, la pandilla observó como el animal agitaba los brazos pendularmente. El resuello de su aliento les llegaba con una claridad aterradora.

Poco a poco, fue descendiendo al sótano. Dando unos pocos pasos cada vez, se detenía y elevando la cabeza, olfateaba el aire de su alrededor buscando el aroma a carne humana que ya le resultaba tan familiar.

Con un giro brusco de la cabeza, su mirada se posó en el andamiaje del fondo y comenzó a dirigirse a él. Sus ojos brillaban salvajemente y sus fauces se abrían y cerraban de manera inconsciente.

Cuando se encontraba a escasos metros de ellos, Guisseppe saltó de pronto de su escondite con una barra de hierro en las manos, y con toda la fuerza que pudo, asestó un tremendo golpe dirigido a la cabeza del animal. Este, levantando el brazo, paró el golpe, aunque un gruñido señaló que el impacto le había lastimado.

Con otro gruñido, este más de furia que de dolor, soltó el brazo de revés, alcanzando a Giusseppe que no esperaba tanta rapidez en el animal, alcanzándole en el pecho y, levantándolo del suelo, lo proyectó unos metros atrás, donde fue a para encima de un montón de escombros.

Las chicas, animadas por el ataque de su amiga, salieron del escondrijo gritando para desorientar a la bestia. María y Rocío por un lado y Rebeca y Marta por el otro, intentaron sorprender al monstruo. Indy desde el frente intentaba desaforadamente arañar y morder las patas del animal, retrocediendo rápidamente cada vez que este intentaba patearle o alcanzarla con uno de sus brazos.

Armadas de barras de hierro y estacas, las chicas comenzaron a lanzar golpes a diestro y siniestro. El monstruo paraba con sus dos brazos y aprovechaba el braceo de estos para hacerlas retroceder. Poco a poco, gracias a su envergadura, fue ganando terreno. Las jóvenes, se fueron retirando hacia el fondo del sótano y se fueron juntando unas a otras, por lo que fueron perdiendo contundencia en sus ataques, al no tener radio de giro para golpear con fuerza.

- ¡Esto no puede ser! – exclamó Rebeca. – Así no vamos a conseguir nada.

- Tenemos que hacer algo – le respondió con un jadeo Rocío. – Estoy comenzando a cansarme y este bicho sigue como si nada.

- ¡Tenemos que resistir! ¡Si bajamos la guardia, estamos perdidas! – les gritó Marta. María giró su cuerpo con toda la fuerza que fue capaz, atizando un nuevo golpe en el lomo del animal.

- ¡Aguantemos chicas! Es cuestión de justicia y orgullo. ¡Acordaos de Markel!

El monstruo las iba arrinconando poco a poco. Ya sangraba abundantemente por varios cortes que tenía en los brazos, pecho y lomo. Las chicas tampoco habían salido indemnes del lance. Rocío presentaba un fuerte golpe en la sien derecha que le estaba produciendo un chichón que crecía por momentos. Rebeca tenía la camiseta destrozada con múltiples jirones producidos por los zarpazos de la bestia. A través de ellos sangraba por varios cortes que tenía en brazos y espalda. Un fuerte golpe recibido en la pierna al tropezar con una esquina del andamio le había dejado la pierna medio dormida y le hacía cojear. Marta y María parecían mineros que acababan de terminar su turno en una mina de carbón. Estaban con el rostro ennegrecido por la mezcla de sudor y polvo de los muchos revolcones que se habían dado, también presentaban heridas en brazos y piernas, resultado de los zarpazos que la bestia les había lanzado.

De repente, uno de los muchos manotazos que la criatura lanzó a Rocío consiguió desequilibrarla al golpearla en el hombro. Trastabillando, fue hasta sus compañeras empujándolas hacia el agujero del fondo. Rebeca que se percató de la gravedad de la situación, tirando su barra al suelo, hizo palanca con sus piernas en el suelo junto al borde, y aguantó la avalancha de cuerpos que se le venía encima. Por fin, tras un denodado esfuerzo pudo frenarlos.

Al momento se dieron cuenta de que su situación era desesperada. El monstruo se había percatado de la difícil posición en que se encontraban, sin resquicio por donde salir. Guisseppe, aún no recuperado del fortísimo golpe que había recibido, estaba haciendo grandes esfuerzos para incorporarse a la lucha pero estaba muy lejos para prestarles ayuda.

La bestia se acercó a ellos y sus fauces se fueron abriendo, mostrando unos colmillos babeantes y una mirada asesina. Sus manos se movían espasmódicamente como grandes tenazas de cangrejo que buscaran una pieza donde clavarse.

De pronto, sin saber cómo ni de donde, surgió Indy. Un poco atontado por un golpe de refilón que había recibido, había permanecido alejado de la zona de pelea de las amigas. Al ver la situación, cogió velocidad y tan rápido como pudo se impulsó sobre la pared lateral del sótano para con el rebote, impactar con fuerza sobre la espalda de la bestia.

Esta, al recibir el empujón y sin esperarlo, perdió el equilibrio precipitándose al vacío. Un alarido rasgado y profundo resonó de forma cavernosa en el lugar.

Guisseppe, que en ese momento llegaba junto a sus amigas, se apoyó en Rebeca la cual, le cogió un brazo y lo paso sobre sus hombros para aguantarlo, mientras él se apretaba todavía el pecho con la otra mano.

Rocío ayudaba a las demás a incorporarse. La lucha, corta pero intensa había dejado en todas señales de lo virulenta que había sido. Juntos, se acercaron al borde del agujero y miraron a su interior.

En el fondo de este, se encontraba la bestia, ensartada en decenas de finas agujas aceradas que la habían convertido en un acerillo. A través de las varillas, la sangre se deslizaba mansamente inundando todo a su alrededor. Con su cabeza vuelta a nosotros, su mirada cruel y sanguinaria nos retaba y pretendía conseguir su objetivo de terminar con nosotros.

El monstruo pretendía escapar de esa agonía que la iba matando poco a poco, y sus miembros se contraían convulsivamente queriendo escapar. Poco a poco, los movimientos fueron cesando y la mirada que nos dirigía iba perdiendo su fuerza hasta que quedó de pronto, fría y opaca, sin brillo, muerta.

- Se terminó – sentenció Rebeca. – Volvamos a casa.

CAPÍTULO CATPORCE

BILBAO

Rebeca se despertó pronto. En realidad, no había dormido casi nada en toda la noche. Los sucesos vividos hacía unas horas la había tenido inquieta pensando en lo que podría haber sucedido si hubieran fracasado. La valentía de Indy, además, supuso el fin de la bestia cuando prácticamente estaban perdidas.

Tenía el cuerpo dolorido como si le hubiera pasado una apisonadora por encima, y parecía que eso era lo que le había sucedido. Se había curado antes de acostarse los múltiples arañazos que había recibido en brazos y espalda. Aún le dolía la pierna del golpe recibido y cojeaba al salir de la ducha. – No importa – pensó. – Esto se curará dentro unos días. En cambio, hemos vengado a Markel y terminado lo que empezó en el viaje. Ha merecido la pena.

A las once ya estaba todos en la cafetería. Habían quedado en ir a ver a Markel al hospital y contarle como terminó la aventura. Indy llegó del brazo de Marta, haciéndose el herido para que el grupo le mimase y le agasajase.

- ¡Bravo Indy! – exclamó alborozada María al verlo entrar en brazos de Marta. - ¡Eres un héroe gatuno!

A María se la veía orgullosa de su felino. Con gesto cansado como todo el grupo, pero satisfecha, se dejó caer sobre la silla con un resoplido.

- Ha sido una aventura realmente peligrosa – soltó exhausta. – Si lo que pasasteis en el Amazonas fue como esto, tenemos que pensar en cambiar de agencia de viajes para las próximas vacaciones.

- No te imaginas lo que fue – respondió Rocío.

- Sí – añadió María. – Y además, piensa que la selva era su casa y se encontraba en su ambiente. Fue una experiencia como para no repetir.

Indy se dejaba mimar mientras por el grupo. Vuelto panza arriba, manoteaba las manos que lo querían acariciar mientras ronroneaba de gusto.

- Bueno chicos – indicó Rebeca mirando el reloj de la cafetería. – Es la hora de irnos. Llamé antes a Markel al hospital y le dije que llegaríamos antes de las doce. Marta, mete a Indy en tu mochila. Ya sabes que en el hospital no dejan entrar gatos, aunque este sea un auténtico héroe.

Tras salir del ascensor se encaminaron hacia la habitación de Markel. Al entrar, Indy salto de la mochila entreabierta de Marta a la cama y echándose encima del muchacho, comenzó a darle ásperos lametones y a frotarse en su cara.

- ¡Calma, calma, chico! ¡Yo también me alegro de verte! – Markel estaba contento de ver a sus amigos. Su cara aún reflejaba lo cerca que había estado de morir. Pálido y demacrado, hasta el día anterior había tenido que recibir transfusiones por la pérdida sufrida en el ataque que sufrió en el barco. Rebeca le había adelantado algunas novedades, pero estaba ansioso por oír el relato completo de la aventura.
- ¡Contadme como fue todo!

Sentados a su alrededor en sillones y sobre la cama, unos y otros comenzaron a hablar al mismo tiempo atropelladamente, interrumpiéndose de forma continua. María sacó de su bolso unos refrescos y unas bolsas de patatas fritas, y como si de un picnic se tratara, montaron en seguida un aperitivo.

Al terminar la narración, Markel con los ojos que se le salían de las orbitas exclamó asombrado:
- Ha sido una auténtica aventura. Habéis sido muy valientes. – Indy le golpeó con la pata en la mano.
- Tu Indy has sido el protagonista principal. Sin ti, no me quiero ni imaginar que habría pasado. Si sigues así, vamos a tener que escribir un libro contando tus aventuras.
- ¡Miau! – maulló, estirando orgullosamente el cuello.
Todos los amigos rieron y se abrazaron emocionados por la conclusión de tan extraordinaria aventura.

FIN

Rebeca, sus amigos y su inseparable gato Indy, viven felices ajenos a un mal que les acecha.

Un trágico incidente sucedido un año atrás en el Amazonas, provoca una cascada de acontecimientos que van a poner sus vidas en peligro.

Un ser malévolo viene a por ellos. ¿Podrán salir airosos del problema que se les avecina?

Esta es la primera de una serie de aventuras de la pandilla de Rebeca, y de Indy, el gato detective.